苏笑嫣 —— 著

U0750404

当花朵隐匿着雷声

黄河出版传媒集团
阳光出版社

图书在版编目（CIP）数据

当花朵隐匿着雷声 / 苏笑嫣著. -- 银川：阳光出版社, 2020.9
（阳光文库. 8090后诗系）
ISBN 978-7-5525-5552-3

Ⅰ. ①当… Ⅱ. ①苏… Ⅲ. ①诗集 - 中国 - 当代 Ⅳ. ①I227

中国版本图书馆CIP数据核字(2020)第184636号

阳光文库·8090后诗系　　　　　　　　　　谭五昌　主编
当花朵隐匿着雷声　　　　　　　　　　　　苏笑嫣　著

责任编辑　谢　瑞　陈建琼
封面供图　海　男
装帧设计　晨　皓
责任印制　岳建宁

黄河出版传媒集团
阳　光　出　版　社　出版发行

出　版　人　薛文斌
地　　　址　宁夏银川市北京东路139号出版大厦（750001）
网　　　址　http://www.ygchbs.com
网上书店　http://shop129132959.taobao.com
电子信箱　yangguangchubanshe@163.com
邮购电话　0951-5014139
经　　　销　全国新华书店
印刷装订　宁夏凤鸣彩印广告有限公司
印刷委托书号　（宁）0018806

开　　　本　889 mm×1194 mm　1/32
印　　　张　6.5
字　　　数　100千字
版　　　次　2020年9月第1版
印　　　次　2020年12月第1次印刷
书　　　号　ISBN 978-7-5525-5552-3
定　　　价　29.80元

编选说明

谭五昌

在中国当代诗歌发展史上，后起诗人群体的流派与文学史命名一直是一个饶有趣味的诗歌现象。自"朦胧诗"群体的流派命名在诗坛获得约定俗成的认可与流布以来，"第三代诗人"、"后朦胧诗群体"、"知识分子诗人"、"民间诗人"、"60后诗人"（也经常被称为"中间代诗人"）、"70后诗人"、"80后诗人"、"90后诗人"等诗歌群体的流派与代际命名，便陆续出现在人们的视野中。如果我们稍微探究一下，不难发现，在这些诗歌流派与代际命名的背后，体现出后起诗人试图摆脱前辈诗人"影响的焦虑"心态，又在更大程度上，体现了他们进入文学史的愿望。这反映出一个极为明显的事实：崛起于每一个历史时期的诗人群体往往会进行代际意义上的自我命名。20世纪80年代中期，以"朦胧诗群"为假想敌的"第三代诗人"

开创了当代诗人群体进行自我代际命名的先河，流风所及，则是 21 世纪初期 70 后诗人、80 后诗人等青年诗人群体自我代际命名的仿效行为。90 后诗人则是在进入 21 世纪诗歌的第二个十年后对于 80 后诗人这一代际命名的合乎逻辑的自然延续。

当下，这种以十年为一个独立时间单位所进行的诗歌群体代际命名现象，在诗坛上引起了激烈的争论与内在分歧。从诗学批评或学理层面来看，这种参照社会学概念，并以十年为一个断代的诗歌代际命名方法的确经不起推敲，因为这种做法的一个明显后果便是对当代诗歌史（文学史）研究与叙述的高度简化、武断与主观化。因而，我们对于当代诗歌群体的代际命名问题，应该持严谨的态度。不过，文学史层面的群体、流派与代际命名问题非常复杂，没有行之有效的科学命名方法，也很难达成共识。这足以说明文学史命名的艰难。更为常见的情况是，一个诗歌流派或诗人代际的命名（无论出自诗人之口还是批评家之口），往往是一种策略性的、权宜之计的命名，从中体现出命名的无奈性。如果遵循这种思路，我们便会发现，60 后诗人、70 后诗人、80 后诗人、90 后诗人这种诗歌代际命名，也存在其某种意义上的合理性。因为就整体而言，他们的诗歌创作传达出了不同的审美文化代际经验。简单说来，60后诗人骨子里对于宏大叙事与历史意识存在潜意识的集体认同，他们传达的是一种整体主义的审美文化经验。70后诗人则以叛逆、激进的写作姿态试图打破意识形态的束缚（最典型的是"下半身写作"现象），他们在历史认同与个体自由之间剧烈挣扎，极端混杂、矛盾的审美经验使得这一代诗人的写作处于某种过渡状态（当然，其中的少数佼佼者很好地实现了自己的文学抱负）。而80后诗人兴起于21世纪初的文化语境之中，他们这一代的写作则是建立在70后诗人扫除历史障碍的基础上，80后诗人的写作立场真正做到了个人化，他们在文本中可以自由展示自己的个性，没有任何历史包袱，能够在语言、形式与经验领域呈现自己的审美个性，给新世纪的中国新诗提供了充满生机的鲜活经验。继之而起的90后诗人继承了80后诗人历史的个人化的核心审美原则，并在语言形式与情感内容层面，表现出理论上更为自由、开放的可能性。

目前，80后诗人、90后诗人是新世纪中国新诗最为新锐的创作力量，而且这两拨诗人在诗学理念与审美风格上存在较多的交集（简单说来，90后诗人与80后诗人相比最为鲜明的一个特点是：90后诗人的思想观念更为开放与多元，他们的写作受到新媒体的影响要更为深刻一些）。因而，从客观角度而言，80后诗人、90后诗人的诗歌写作颇具文学史价值与意义。

因此，阳光出版社推出《阳光文库·8090后诗系》，体现了阳光出版社超前的文学史眼光与出版魄力，令人无比钦佩，其价值与意义不言而喻。

2020年6月25日（端午节）凌晨 写于北京京师园

目　录

第四辑　对生活的投诚

第五辑　明亮的事物各有千秋

第一辑

离开或是
不曾离开

CHAPTER 1

被记住　被忘记

一切陡然安静　思念伸出巨大的手指

芦苇笼罩的狭长阴影

让我想起你的叹息　就像梦游者走出梦境

在月光下　沉默不语

阳光很亮很亮　亮得我再也看不到

泪的手指　只是坐在　你曾经坐过的地方

一遍一遍地　贪婪吞噬、劫持和离去

那些画面和言语　像女人照着镜子　一次又一次

在水面下　在光影中　被悄无声息地

掷碎

秋日船头　风还带着

夏季灼烧的气味　是不肯舍弃的

我想起一次次沉默的对话　想起

手中脱落的书籍　想起破败的阁楼和疯言疯语

想起烟花亮起的那一刻　我们的呐喊

想起你的名字

想起你说　被记住　或是被忘记

都是别人的事情　如此而已

行走着的小火焰

颤颤悠悠地　我的心

随着手中的灯笼　在荒芜的田野上

踽踽独行

比预想的还要早　我嗅到了你的踪迹

一切被打乱　脚步迷乱且不安

可是我魂牵梦绕的那双眼　却对我的到来

视而不见

像对那不能喘息的　一桌一椅

但你清楚地明白着　且怕着

我点燃的手中的这微弱火光　因了

不愿它灼伤你纤细的手　任它

在这田野上　磕磕绊绊

这相识的漠视　这寒齿的言语

一次又一次地　我仓皇出逃

一次又一次地　我在火光中　重鼓勇气006

想起它映照着的　你暖人的面庞

白昼的光明从未被记忆抹掉

眼见残酷的时光与现实同谋　将你

拉入黑暗的深渊　为了你熟悉的笑容　我

将与这魔头相争

我手中的这团小爱火啊　它将重燃你那

鲜绿而清新的梦

但　那白昼也许只属于昨天　也许你

终被唤醒　而我这颗心却已随灯笼之火渐行渐远

行走在　我们已错过的时空

这团可爱的小爱火啊　也许只能在某个清晨

阳光疏忽的时刻　跳跃在我耳边　窃窃私语

宛如那天的白昼

依旧是　颤颤悠悠的　我的心

在大片绽放着的玫瑰田中　与你的笑容

风把我吹涨

我嗅到草本植物挣裂的辛辣气味

一盏明暗沉稳持久　孤灯咀嚼着我的影子

那是我唯一的深度

夜风把我吹涨　那张忽明忽暗的脸突然

粉碎　分散在众多的面容里面

大雾将15岁包裹　或是15岁迷失在

大雾中　红　醒目的红使15岁尖叫

我扭头的瞬间　看见一袭逆风的白衣

将乌鸦和蝴蝶一同塞进去

岛屿　海水　层云　和城堡

皱褶　腥味　厚实　和华丽

你挑起那盏灯　奔跑在童年的废墟里

很多次　很多次　把往返的车票当作

一种抵达

这次　在你打开的手心中

却是一瓣栀子花　被海水打湿　浸染泥土　　　　　　　　

你看见坐在洛可可的长椅上的自己　被

一阵风吹得粉碎　沿着小路咯咯笑着　跑得欢喜

小心翼翼地　我将染红的指甲藏在身后

灯亮得忽明忽暗　沉稳持久　那本童话书旁萦绕出的玫瑰

艳丽地　把她的刺冲我这个小毛孩比划几下　于是

笑了

夜　风把我吹涨

埋

那样淡定的不安　心和湖水

轻轻荡开隐秘的心事　一层又一层

小木船倾听了多少啊　一次次

陌生的黄昏　和陌生的故事

芦苇的"唰唰"声　是夕阳下湖面这张陈旧唱片的

咿咿呀呀

古老的故事　在缓慢的时光中　在我们的体内

返航

蜷缩着　绿色的棕色的荷叶

孤单柔弱几近夭折的苇秆　在漫溯的湖面和风中

仅仅为　诠释某种坚硬的声音

突然失聪　倒下　所有的苇全部倒下

寂静　打捞爱情和刻舟求剑　如此相像

重复上演　没有任何姿态

那么多的　那么多的爱情溺死在湖里

枯败　变色　疲惫肮脏的面容

断断续续的波纹　和无效的言语　遮掩着

曾经春色的暖阳　神色忧郁的废船

是比那更大的假象

从安静开始　从安静结束

笑容掉进湖里

所有的笑容都掉进湖里　没有扭曲和失声

我用白色的手绢埋葬它们　一个一个

突然怀念　阳光吻过的那些欢歌

氤氲成白色　一片一片抛洒

容颜和旧事是冲击的水流　被快艇留在身后

冬日 夜

也许雪　带来了宁静

而此时我却想到了篝火

那迸裂的声音　"噼噼啪啪"地

让我的心里不安　像是引燃了某一根

干燥的导火索

空旷的马路上　汽车碾过些许声音

路灯的梦似乎也被碾得

支离破碎　夜空中

一双双渴睡的眼被风刺痛

星子消失在微弱的祈祷声中

街道和水使城市安静下来

阴影大块大块地渍染着

楼顶　路面

还有我的心

思念同阴影一同蔓延

像枝爬藤的某个小叶片

此时　我需要你在身边

我们一同沉默　也许背景是个大壁炉

书架　或是其他什么

我只想你握紧我的手

但请不要一惊一乍地问我

它为什么那么凉

墙脚的猫儿在睡梦中翻了个身

我趴在窗边　轻轻踮起脚尖

书签在我的手中画出一个完美的弧度

有风　不同于忧伤的感情

诗一般在我的心底滋长

那是新绿　风中的书签带走的

是海的咸味　和你的名字

天　微亮

一只猫　在它无法说出的梦里哭了

一只猫　在它无法说出的梦里

哭了　在夜的角落里

它抽搐着　它嘤嘤地发出　微弱的声音

这些　也许它自己并不知道

它是做了怎样的梦　曾经

枯瘦的母亲　冻死街头

幼年与兄弟姐妹走散

还是　饥寒交迫中遭人唾骂

在这白雪皑皑中

路边淡黄的灯光　是否也是一种

温暖　还是另一种严寒

总之　它哭了

哭得那样委屈　那样伤心

梦里的它是否正独自走在

飘零的白雪中　沿着路边

踩过偶尔汽车驶过的声音

缓缓地　缓缓地前行

也许在想着什么　也许没有

在梦中　含泪的它是否又见到了

慈爱的妈妈

妈妈　呵　妈妈

醒来　也许它不记得梦到了什么

但在梦里　它哭了　这是事实

一只猫　在它无法说出的梦里

哭了

离开或是不曾离开

好像一直在出走　一年又一年

是真切的困苦　然后是活生生的幸福

沿途的喧嚣　被一只手塞进

我的左耳　我的左耳对我说着话　说着爱恨纠葛

我听着笑　笑着哭　哭着奔跑或是蜷缩

看着那些泪水流经我　有些绕过我

在叶片的边缘扩散开来　成长的气味

青春被阳光以柔软的形态　从柳树带到柳树

经过春的欣喜　夏的冲动　秋的茫然　冬的坚强

一个轮回的谛听　然后早已无所谓高潮结局

一条路的尽头　又是另一条路的开始

是啊　又要开始

十六岁的第一束阳光　慌慌张张地

被派遣来　我和我喋喋不休的耳朵更加镇定

这最初的时刻就已认定

某时某地　我终是要掩耳盗铃

可是我的气息我的血脉我的灵魂的流向里

是小美人鱼的歌声　是一双温柔的眼

它们使我像草一样　自由地呼吸

童年蒂落的明澈　是一瓣瓣裂响

是这冬日里　依旧顽固绽放的野花中

花瓣编织的彩色故事——

而那粉嫩的喜悦　馨香的花瓣雨

和飘曳的衣襟以及欢愉　在蒲公英一样堆积的梦中

四处飘散　在心中微小的角落　暗自生根

就像谁的思念

于是终于　我从时间的密道飞奔而逃　童年

童年　那只鼓翼的风筝还在夕阳下　飞呀飞

不曾离开

可是　夕阳下它的飞翔

究竟是在挣扎着离开　还是挣扎着不离开呢

沉默是一种细微的声音

像是受了遥远的呼唤　我迷离地到达

只比想象早了一些

在嫩肉中抽出的指甲般

新生　隐痛　以及清冽的痛带来的喜悦

以此来感知自己的存在　这些樱花

冬日再也无法继续拙劣的遮掩

枯草只是一张浸湿的纸　真相不动声色地浮现

不再是痕迹

淡粉色的手指掠过银白色　陌生的清晨已经失语

色彩　银铃般有节奏地间歇响起

花朵展开翅膀滑翔或蔓延

喧嚣被隔断　空气凝滞　灰褐在晨曦光线浮现前

似一块亚麻布被漂染

枝条　波浪　在风的空隙中奔跑

在乱发中跌跌撞撞

脚步延伸出一个季节的蛰伏

俯身间　枝干寻到失落已久的发带

此时我如此安静而踏实

沉默是一种细微的声音　我静下来凝视

这些新绿　花朵　以及风中褶皱的天蓝

黄昏像沙土一般流动　漫溢

我在这个厚实的声音中沦陷并湮没

早至的黑暗拽着星子聪明地刹住脚步

俯身大地　倾听是最本质的细语

也许它们什么都没说　但我听得好高兴

苹果树

只是一棵普通得不能再普通的

苹果树

在属于她们金黄色的季节里

在微风的抚慰下

她晃了晃自己的身躯

树上的果实

在母亲的晃动下

显得摇摇欲坠

她曾是主人最看重的一颗种子

邻居的那棵梨树

似乎认为这一晃是苹果树在招摇

在冷嘲热讽后

却忍不住向她讨教秘诀

"如果你的身上有了太多的期望

你便会努力做得最好

但沉的却已不再是果实了"

苹果树在久思后回答

那声音却虚无得如同来自

遥远的天外

以沉默的方式

也许　说出来便会失真

也许　无法用语言去表达所有

也许　无法面对你阳光的表情

最后　我选择了沉默

时间像古旧的柴门一般　吱吱呀呀地

响个不停

油纸伞　锁栓上带有锈迹的小木匣

我分辨不出哪个更为古老　但也没关系

它们现在一样安静

阳光并没有偏向谁　岁月也没有

剥落的墙皮下

喇叭花开得正盛　垂着腰打着瞌睡

周身是慵懒的味道

太阳慈爱地看着它们

时间以平缓的姿势慢慢流淌

一个小哈欠

将月亮打上树梢

收到一封信　没有收信人的名字

可风儿说它该属于我

于是　我找到一个更大的信封

把这封信寄走

同样　没有收信人的名字

收拾好行囊　背在肩上

夕阳的余晖里　你拖着思念般长长的影子

走来　我们注视着

你背过包　走在我身旁

以沉默的方式

初秋的午后

初秋的午后阳光很好　适合

煮一壶咖啡　摆一盘点心　安静地

放置好自己　什么都不去做

甚至　话也不说　事也不想

像重组一只老旧磨损的机器　把

那些锈蚀斑驳的零件拆卸　维护

从它们加速运转开始到现在　已有些年头

越来越快的日子　童年的摩天轮

不知何时就变成了发狂的风车

现在　这午后是属于我的

阳光是我的　安静是我的　恬淡是我的

这生活的慢与细腻　也是我的

把闹钟和照片一起挂在晾衣绳上吧

湿漉漉的时间和记忆　都需要晒晒太阳

如果想起些什么

令人无声感伤　却没有任何悔改

就赋予它们　阳光一样的心情吧

成为暖烘烘的故事

于是你看　打开门口的邮箱

你就看到　一束鲜花绽放

太阳花盛开的地方

你把鼻尖凑向窗子　一言不发

玻璃上留下一点小小的水印

你并不在意　鼻尖上细微的凉

就像　你并不在意那些总会到来的

等待在生活中的痛

心无旁骛地　你专注于路途与风景

虽然表情　多少会有些茫然

这些哐唧哐唧的颠簸　像是你戒不掉的瘾

许许多多的列车　你的温度曾经停留

拖着自己在路上　你知道　灵魂

其实还在更远的地方

我见过你　见过许许多多的你

见过你用双手捧起阳光　歪着头的样子

见过你张开双臂在雨水中　释然的样子

见过你吹起廉价的肥皂泡　欣喜的样子

见过你在黄昏的空房间里　翩然起舞的样子　
当然我也见过你　身着防风大衣
在阴冷潮湿的街道　抵抗逼仄的样子

其实那许许多多的你　都是一个样子
以前倾的姿势　冲向太阳　不留余力
一个被阳光镀上金边的小人儿　你是
熠熠发光
你说你要走到遍地太阳花绽放的地方
我就想说　那该有多辽旷

第二辑 | 她的沉默，
不只叫作对抗

CHAPTER 2

她的沉默

也许你看不见我　在这个时刻

没有楼与楼相挨　没有车与车的追逐

有着的　数百年来未曾改变的山

如此静默　在我到来之前或是之后

我　一只被困的小兽

爱着那穿行的风忽明忽暗　从

点着暗黄路灯的街的这头　一纵

滑向了另一头的黑暗　这一纵要尽量地快

自由　欣喜的血液在十分钟的夜幕里

被分针　悄悄抽干

你包裹着我　我在你的胸口上聆听

我小小的幸福　蜷缩在

某一路灯的两米远处　在浅歌的星子下

显露出稀薄的阴影　伴着

往返于五楼的教室　和这马路牙儿的

小小的高度间　跑动的节奏

爱你的节奏

我嗅到夜风　嗅到记忆与期待保持着

安静的幸福　你路过我　脚步于是轻柔缓慢

将我放在臂弯　说着那座沉默的山上

花瓣迸裂的声响　在耳边

轻轻　又轻轻

夜的黑暗的深度　成长的声音　被

引入体内　你　我　还有那些花蕾

是奔走的行人　是穿行的风　蜷缩着

被笼罩在狭小的角落中

还有那灰蒙蒙的黄色灯光　将会

一直　坚守到天亮

交　替

在四方的院落中　风被勾勒出棱角

付诸于规整　它的咆哮愈发近乎呜咽　直至

没了声响　在夜诡秘地睁眼的一刹

痛苦俯下身子

四月　初春的花朵被拈下　埋葬

风掠卷过叶片　又吐出残骸　步履

是无力的疲软　拖曳出颤抖的雨粒

那条干涸的河道舔了舔嘴唇　又沉沉睡去

欢乐的歌声干瘪在底部　奄奄一息

一个阴影　就这样延展开来　漫进打着地道的

陷入恐慌的梦里　它即将死去

可是没有什么比这更让我惧怕的　是

你的叹息　即便阳光将潮湿的诗意全部点燃

即便金色跳跃着像露珠的闪烁　即便

银铃唤出了果实累累　即便

我的衣领绣满了　黎明的歌声　可我手指冰凉

触碰不到你的温度

升起的　的确是暖阳

它烘烤着大地　烘烤那山　烘烤着我的心

它开始焦灼

雪水化了　汩汩流着　顺着我心路的崎岖

冰冰凉凉的

九月的骨头软了下来

九月的骨头软了下来

不成风　不成雨　疏疏落落地却是一地

那座大钟不该那么高的　它的尖柱是冷的

冷得刺出了热的红　血　黏稠

溃开黏合在敦厚的云上　九月说

疼啊　疼

我站在那里不动　仰着头

学校的小片菜地上　种着青葱

我愿意离它们近一些　像这样

不动　善良和清香　在疼痛的九月里

和着腥味儿　呆头呆脑地

往我怀里长　可惜我抱不住它们啦

可惜我抱了太多东西啦

没有新的旅途　无所谓期待和开始

圈养的河水摇摇摆摆　抹掉旧日　抹掉记忆

抹掉奔跑和呼喊　懒洋洋地　一切就平静了
再也没有什么渐次清晰起来

叶子将歌声打了个包裹

和九月落下的细碎的骨头

我捏起一个角　扔进河底埋葬

不用担心它们会慢慢发酵

不必期待它们会慢慢发酵

随风而去

在四方规矩的小广场　休憩的头发

钻满风　摇摆成波澜壮阔　摇摆成浓密茂盛

像一枝枝潮湿阴郁的灰绿

不设防的夜　被轻轻撩开缝隙　被记忆攻破

你的眼中盈满寂静　安定　和微微的恐惧

风越过你曾经的笑声　在

失眠已久的　你的睫毛上　燃烧

空气被檀香堵塞　佛塔金色大手般的

灯光　抚平了小城中　所有的喘息

包括　凌晨你突然醒来时　睁开眼的

黑暗　孤独　恐惧　和莫名的啜泣

亲爱的　你看　我们还是可以享有

包容和慈爱　让我们厚重　厚重得

足以裹住那些

眼泪塑成的　单薄易碎

覆盖给我们星空　星空上坠着的丁零作响的

梦想　淹没那些

深陷的病痛与忧伤

疲惫而安静　你熟睡　轻轻地呼吸

成长中所有的罪恶和扭曲　在夜的密发中

结痂成影子　砸入土地　坚硬成石

此时我们抛弃了它们　扔掉坚硬与寒凉

我们轻盈成柔羹上的灰烬　随风而去

空前绝后　不留声响

像梨花一样

东西向的街　蛇形的风冲撞而过

便是已然四月的北方小城

在某个阳光明媚里

白花花的　就落了一场雪

就是那还在沉睡着的　握着拳蜷着身的芽儿

酿制了一个冬日的美梦　在这一刻

被绿色的轻风　从枝头上打翻

从它们的暖被里　散落下来

宽宽大大飘坠下的　那些白色

都是未被沾染的　最纯净的晶莹

这铺天盖地的阳光　这铺天盖地的雪

是一株葵花仰望姿态下　温润的触感

是静谧的清晨　射入的轻声的问候

是它们的奔走、相撞　以对歌的形式在白色里

唤出清新的希望

就是在这个时刻　我与你如此相近

我站在阳光与雪共同的呼吸里　清晰地听见

你的声音　听见你向我伸出的手　划过

空气的声音　听见那只手带来的暖流

融化掉周边所有坚硬的寒冷　听见你说

会带着我　像血液一样奔向远方

此时我全身透明　被冲撞的呼吸稀薄

捂在胸口的阳光和雪　使我笑得

像梨花一样

一面镜子　拥有两堆杂草

嗅到危险便离开　夜裹起的裙角
从不停留　那浓墨的黑色　是镜子
是穿过喧嚣后面对自己　仍然
一无所获

杂草一般生长着的　我的脑子
向着风　向着黑　向着来回冲撞的
空洞孜孜伸展　只能为镜子所映射

它是涨潮　淹没在不防御的某一瞬
它是退潮　轻盈盈地遁去　不留痕迹
将我拥抱了一下　又拥抱了一下的
那不是风　乘机将什么塞进了我的体内
我也不知道

夜晚　23时的街道　没有名字的街道
我与路灯连缀成行

手机的通讯录　从头至尾　从尾溯头

最终倾听的　不是某个名字

不是风　不是路灯　不是寂静

将我拉扯的　拽住我的衣袖　我的领子

拖住我的头发　它们撕裂争夺着的

是同样　叫作孤独的徘徊　抻着神经

拉紧　又拉紧　牙齿开始隐隐作痛

夹带映像　落荒而逃

呈现的盛大镜像　无法获得什么

看见是一种幸福　亦是一种痛

我　是妥协　是一面镜子

一面映射　一面隐匿

看见　又或视而不见　我的身体里拥有

它塞进的　两堆杂草

向着风　向着黑　向着来回冲撞的

空洞孜孜伸展　只能为自己所映射

嗅到危险便离开　夜裹起的裙角

于是阳光的金色　笑得欢了起来

脊背上的花

那些烟花陨落　爆竹声一条条
落入我的怀中
夜里　我背着古老的故事　探寻
作为回忆　它们该有自己的家
和主人

奔过聚拢的麦田　冲散扎着堆的群星
脊背上　沾满了露水来回滚动的声音
这一切　你是否感到沉重或是无力

可我什么都不想说　爆竹声也不想说
我们　一对暗着的眼
脊背上生长出妖娆的花
是回忆　是美丽　是痛苦　是幻象

来吧　坐下来
围住这倾诉的火

如果你不愿再坐成一颗石头　麻木地

像每一个昨天一样　下落不明

我的向日葵未经修剪

那些向日葵不十分贵　八元一枝

小小而瘦弱的身躯　经过修剪

插在花瓶里

透明的或是不透明的花瓶里

她们不是我的向日葵

火种　最炽热的追求

唇瓣吻上的第一记　是温暖

那是阳光

那仰望不会在今日停息　明日也不会

要把泥土　抓得紧紧

麦浪　小王子的头发　火红的狐狸

而将你驯养的　是双赭石色的眼

你看见了自己　在其中燃烧

灼灼　旺盛　和摧毁

可是他爱　你是他的第三只眼

让他看到阿尔的燃烧　色彩

燃烧　不计后果如你一般

你不会在雨中死去　黑夜也奈何不了你

初吻的温度　使你在每一次日出中

将骨头拔节　伸展

就是你所有的热情　就是你的爱情

怎能修剪

沉重　灼伤　也许　但

我的向日葵　未经修剪

从仰望的那一刻　一直以来

夜与太阳

头发疏落落地　灌满阳光

紫罗兰悄无声息　细小　呷着水

如我未风干的黑发

静谧　贪婪

雪后的篱墙　一支支白色的河流

阳光和鱼一同跃进　温暖

似一个失忆的人　这巨大的空旷与安静

不要问起　昨夜烟花撑裂的黑穹

一次又一次的裂响

不要提及　那挟刀而来的风

它的哭　它的唤

以及　唤醒之后　奇怪的逃遁

做阳光的伙伴吧　一起扯个谎

一起说　幸福

让我像植物一样生长

住在　自己细小的腰上　小心翼翼

呵护花朵的幼苞

她说呵　梦想　闪闪发亮

即使在每一个昨夜　也会成为

明媚的月亮

是舞者的心脏　是黑夜的太阳

雨，当所有人都已睡去

睡意随着阳光流走　凌晨两点一刻

穿拖鞋　头发散乱　舒服　疯子

天空散发着西瓜红色　在黑色的背景下

我想打着赤脚　在红色的夜空下看夜空

穿街走巷

出于清醒　目光在夜间变得

敏锐而洞彻

压抑陡升八尺　爆发疯长八尺

红色后的　焦虑隐隐　我看得见

就像照了镜子　总知道

自己是什么模样

闪电一个个往我怀里跳　往

河里跳　屋顶的瓦片击碎的

一颗颗珠花　是在哪一世

你　亲手为我插上

举起双臂　我是穿黑衣服的人

是黑夜的人　晃动出无措　和寂寞

晃动出雷雨的音符

如果　你在今夜无眠　这一切是我

在为你指挥　呵　乐章

雨水　香樟树　惨白的路灯光芒

如果还有的话　思念　我们也

一并算上

下雨了　雨很大

两点半的短信上　我这样对你说

我这样对你说

没有任何回答　就像　面对这场雨

手与脸却只能　贴在玻璃上

蹭出　吱吱的声响

有雨水的清晨

有雨水的清晨　恬淡　忧伤　安宁

有些心寒凉低沉　有些心长成葱葱郁郁

无限绵长的那些　丝丝短线

挂满了天空的低檐　城市在这一刻　化身

成为丛林

细线　细线牵着我蓝色的帆布鞋子

迈过榆钱儿　迈过老槐树　迈过胡同里

加工黑白铁的斑驳招牌　那些低矮房屋的

灰色瓦片　钟楼老银一般的飞檐　低低地

垂下泪来

只淡淡的一层雾　水面　复合了历史的寂静

挂着雨水的柳枝　怨女　在叹息的腰肢中

越来越细

木头茶桌　大水缸　一双筷子　以及

之前或是之后的多少个日日夜夜　都如同

　　　　　午夜里　你的枕头的潮湿　无法晾干

暗自发霉

歌声被雨水打湿　太阳也模糊得满脸泪痕

一脸欢快的是　伸长了脖子的几点粉　在墙角

颜色新鲜得发怯　打开肥大的双臂　饱含汁水

她们欢愉　知道此刻的自己是美的

在这样的时刻　她们听不见生锈的声音　在

窗子下面

第三辑　永不熄灭的，
是你的名字

CHAPTER 3

日子渐暖了

日子渐暖了

真好，你说　因为我最怕冷了

周日　北京暴雪

昏沉沉的天　白色飘飘扬扬

压着昏黄　你教我画陶罐　一张又一张

傍晚了　雪还没停　已是一天

蓝色港湾还是世贸天阶　你说

公交车上我们靠在一起

一次次睡着　一次次醒来　跳下车

在前不着村后不着店的一站

没有商场　没有超市　没有商店

只是孤零零的一个站牌

你拉紧我的手顶风找换乘站　一步一陷

你搂紧我　把手放在我脸一侧　挡着风

围着你送的围巾　很红　很暖

天幕映着宝石蓝　海底世界的景观

雪仍在飘扬　轻轻地

我如此安全　幸福　和温暖

一路的暴雪之旅　也许　只为这一刻

雪的声响

此时雪又下得紧了　街上的人并不少

南锣鼓巷的灯火　并没有

被这突降的雪吓到

多莉·艾莫丝在耳机里唱着《Winter》

她空灵灵地唱　雪就空灵灵地飘

来一阵风　她的声音就抖一抖

雪的舞步就转几个圈

然后继续高傲　昂着头　冰凉凉的

雪嵌入雪的声响如此细微　但直接

就像瓷　出现了细微的裂痕

而我　这朵不知该飘往何方的雪花

在霓虹灯下　暖了　醉了

暖得　醉得　就要化了

而你那只听雪的耳朵　被雪声

就这样卷走了

被我的细语　轻轻卷走了

和美的下午

在下午四点的炎热中

一切静得有如透明

从卧室的窗子

可以望见老城的轮廓

蝉在鸣叫

你在工作

这一刻

那天午后

你打来电话

告诉我寄来了东西

要注意查收

彼此说了些温糯的话

长久地

夕阳的光影

正落在房间的正中

我知道不是每一刻都是这样的

但这一刻是永久的

我们终会被时光之流

带往别处

都是带着浅笑的

因着雨　那些植物更为静默

冲刷下的尘世浮躁被深深砸入土地

凛冽清晰的呼吸透彻　唤回

清朗与宁静　明确与直接

黄坠入绿　点彩一般的

是暗藏的伤　是生长的痛　是幸福

我并非有意偷听　仅仅路过这里

路过一个雨和一场秋天

路过坠落的黄色的叶　打湿的红色的花

还有那些昂头倔强的草　散发着绿

却盖不住秋的气息　依旧盖不住

这场巨大的私语

那是低低的声音　甚至比你

触碰到我指尖的凉　那细碎声响

更低的声音　沉稳　落寞　不急不缓

有着厚度　就像你打开的大衣　和

给的依靠

这雨　这清泪　这阵阵瑟缩的褐色的风

是凉

而递来的深红叶片　从你手中

却是暖

那手握手　那肩靠肩的依偎　温馨

告诉我　原来这凉也是可以浅笑的

整个秋　都是带着浅笑的

春天把我们吹出声来

整个冬天　我们与植物一同沉寂

稍后春天就把我们吹出声来

三月　三只燕子　引领三轮日光

光线开放：一座玫瑰花园

空气潮湿　泥土芬芳

寂静是青绿的　凝眸是湛蓝的

你的睫毛抖动如一只蝴蝶

细小的幼苗　开始酝酿绿色的苦味

这初始的细微与青涩　就像我爱你

当明澈的光流散在你指间

我渴望以玫瑰与黄昏的语言对你倾诉

那些我难以诉诸字句的话语

而你的声音是星星下清澈的水

是春之流光中惊醒的万物的搏动

明亮在你眼睛更深的地方

简单如静水与阴影的寂静

这时间就像永不　又像永远

所有的浑浊嘈杂都隔离于此间

我们的灵魂清透明绿　飘荡如风

在世界的窗明几净之间

就在那个微醺的夏天

就在那个微醺的夏天

所有的一切都退场

凉凉的雪水般　你的指尖

"走"　写在我的手心上

浑浊闷热　黑夜

你拽着我的手跑过

将脚掌　从滚烫的柏油路　放在

湿凉的石板上

有一份蓝天　一份清风

一份朝露与清晨

从清晨跑来的我　睫毛上已沾满花粉

是你最轻的吻

有一个门口

早晨　阳光照在花草与板凳上

我们只轻轻靠着　不说话

或者不受干涉地说话

门总是轻易地就晒熟了

就像我们的脸颊

我像野花一样地撒满河边　傍晚

太阳已经下山　而向日葵还是明亮的

把我们的梦　一个个　藏在黑色的壳里

那样饱满　密密麻麻

我们一边一颗颗地数着　一边想着

它们的生日

却无所谓会不会长大

如果，你放慢脚步

很想就这样走下去　在时间的缓慢流淌中

如安谧的阳光　划过我们相扣的手掌　轻柔

我一路跟跟跄跄　需要你

放慢脚步　一次次　才能跟得上

磨满水泡的双脚　腐烂的气息

我不能允许你察觉到

掌心的温暖　于是在我的脸上你看到了

绽放

此刻我们并肩而行　隔着20厘米的距离

20厘米中　是所有我们共同经历过的日子

我将它们分成一厘米一厘米的片段

不　那还不够

要细致到一毫米一毫米

细细掰开　慢慢回忆

我的心波澜不止　永不熄灭的

是你的名字

世界陡然变得很小很小　一切都已熄灭

风缓了下来　尘埃静止

还亮着的　是注视着你的

我的两只眸子　心中跳动的火

一支他乡的情歌　在这里　在我的心里

悄悄响起

可是亲爱的　你能否放慢脚步

我怕我的指尖　也终是脱离了

你的温度

只能隔着你不曾回头的距离　在黑暗中

慢慢拼接你的影子

冰冷的爱人

从我看到你房间的那一刻

就知道自己注定要失败

大理石地砖　金属落地灯

极简主义的一切

——几乎没有使用痕迹

就像你的心

不因时间磨损

不被细节揭穿

看不出来人去事

也没有忘却和怀念

你走了以后

你走了以后

冬天才真正地到了

冬天递过来一柄刺骨的剑

阳光再没有暖过我的窗口

我与路人擦肩而过

就像与风的凛冽擦肩而过

这个冬天

我紧闭双唇　一言不发

我裹紧黑色的大衣

就像裹紧黑色的绝望

你说你会回来

我在等

你说你不会回来了

我还是在等

我们：从单数回到复数

半夜醒来，看到你的微信

我的内心却获得了

当初我期盼的那种平静

分离已是无需重新确认的事实

而回忆也不会再次将我绊倒

那些犹豫和抉择也不再困扰我了

一切变化那么大

我几乎不敢相信

去过那里的是我们

我想给你寂静的爱

我感到你很疲惫，你微笑着
我看着你微笑的脸，但我知道
它忍受过，抗拒过，言不由衷过
也提心吊胆地孤独过

我想给你寂静的爱，不用太多
短暂就好，足够容纳彼此的悲哀
让留白去解释那些难辨的命运
我抱着你的目光，就抱着
我们爱过的所有人

今晚，居室亮着
灯光平静如我们的心绪
宁定的夜色将使睡息安全
让波涛的安眠曲摇荡在你枕上
海闪烁着釉光，星星聚集

即使这样短暂

时辰那么圆，为我们守候

以苦苦的支持，和宽容的耐性

十月初秋

我知道　昨夜的露水一定酿成了酒

珍珠们站好队　沿根根蛛网行走

于同一条队列　初秋的水边　十月

我和你听落叶簌簌　第一声

南迁经过的大雁低鸣　扼死了夏天

阴影聚合惊散的碎语　树叶的碎语

大片的草依旧生长　冷露中的眉睫

用手指摩挲树皮那粗糙朴实沉厚

成千上万片新鲜的干枯的清新的遒劲的

植物气味　有真实的声响　凝结

我的发丝蕴藏起姣美的寂寞

某一瞬　我可曾也是一株植物?

只是这样安静地兀自地低吟低语啊

碎碎念着　被风带走的是轻盈的欢愉

埋入泥土的是淡薄的忧郁　再次

植入体内 是这样安静的姿态 淡淡的

忧伤与从容 叹口气来那清风经过你

寂静的耳畔 今晚 今晚我便如此

清潜入你的梦中

请交给我你秋天气味的手指交给我

你醉心于明净空气的影子 和

林间池潭一般的目光 我是十月之水

幽潜入你体内 流淌过你的血管

慢慢 慢慢地 改变着你指纹的流向

寂蓝，夜，七星北斗

一盏灯　夜幕中唯一的麦子　从我体内点燃

需要这株等待的单薄黄色　灼灼

使巨大的黑暗　混沌成为背景

引擎声和你转身的背影　带出一阵疾风

迅速将我擦伤

你将到达北京西站　并经过一个个名字

抵达那遥不可及

洞庭湖以北　我念念不忘　却不敢梦见的地方

寒风穿梭　街道空无一人

仅仅一分钟前　你我和杨树　伤疤一样隐隐浮现

你每向车站行走一步　随着夜风的颤抖

路灯便熄灭一盏

被停留在黑暗的庞大耳语中　夜风的耳语　我

捂紧双耳　守护着胸口的麦子

等待再次到来的你的目光　将这条路重新点燃　

由远而近

空空荡荡的风填满　我独自回响的足音

有水流像手掌一样流淌　淹过铺展的头发和

落入其中的星子　流入我的嘴唇

走过寥落的浅星　我想象自己是风

追随火车汽笛的速度呼啸而驰

孤独　是黑暗无法目视的植物

在寒冷的初冬疾速长大

我踩到的第一片落叶　一定与你有关

如果我拨开黑暗　就像用双手分开黑发

是否就如同　我坐在镜前

在自己的脸庞上　看到你的面容

一枝被吹尽叶子的树枝　斜插在风中

默默无语　沉默攀上我的嘴唇　瞬间葱茏

再次吐露你的名字　青苔的潮湿

染绿你的耳郭　是我每至子时前来的记忆

今夜　我们曾一起拼凑的拼图　将

不止一次地瓦解天空　并错乱重合

今夜　所有的星星与蓝色合在一起流淌

思念涌上太阳穴　就像屋顶上涌出七星北斗

旧 友

今天下午　我在读你的诗

你写到爱人　和设想的生活

如同即将降临的阵雨

猝不及防　打湿我的眼眸

我把这感觉带入六月的夏夜

想起有一晚　你躺在我身旁　安静的样子

我们谈论　小说、禅宗

和夜空中　飞机低低飞过的声音

逝去的白昼的花瓣汇集在你嘴唇

上升的光线

点燃我体内　微微颤抖的灯芯

今夜　大雨的吻穿透盛夏的正中

我想在厨房与你交谈

我无可名状的莫大感动

但我们相识太久　久到只能做朋友

079

是的　你见过那些男孩子们

连我也经常把他们混淆

而你是我盛放在安宁中　不可触碰的一个

一只玻璃盅　一个低语的世界

因此　我不能

前男友

如果一个人从我的生活里消失

那么他对我而言和死了也没什么区别

所以我理所当然地扔掉他所有的遗物

——

毛巾扔掉　照片扔掉　水杯扔掉

情侣钥匙扣扔掉

送我的戒指也要扔掉

楼门口的吻扔掉　拥抱的温度扔掉

每天发微信的习惯扔掉

依赖扔掉

跟他无意间学会的语气和姿势统统扔掉

所有可能睹物思人的

——或者说令人恶心反胃的

都没有留下的理由

必须四面包抄

必须赶尽杀绝

必须心狠手辣　不留余地　毅然决然

住过的房子可以搬走

走过的街道可以绕路

去过的游乐场可以终此一生不再踏足

实在绕不开的地方

我也可以覆盖　给它新的记忆和理由

太阳是他曾经晒过的太阳

这一点已经不再让我无所适从

只有一点　最后一点

——

坐在清空一切的空荡荡里　突然发现

我没有办法扔掉我自己

这让我紧紧抱住头部

回忆的空气：一块沉重的木板

筋疲力尽感蔓延而来

一切终于功亏一篑

祝 福

如果有那么一天　我会

等你家产败落

等你众叛亲离

等你疲惫脆弱

等你走进人生最暗的暗夜

月黑风高时　我会

提着一盏灯去看你

把你揽进怀里

用我的无言告诉你

这世界只有我是真心爱你

无论何时都愿意守护你

我要承认这些恶毒的心思

但今天　我仍要祝福你

祝你日进斗金

祝你花好月圆

祝你妻贤子孝

祝你看到这首诗时　回我一句

我他妈的好好的呢

第四辑 | 对生活的投诚

影　子

突然醒来　带领裸露的街道　和

伴随着枯叶而跃动的荒凉足迹　秋风四起

对话犹如曾经沸腾的水　渐渐冷却

被月光取之一空　颜色是白日寂寞的比喻

而黑夜忠于真实

人群　你与我　只是一个瞬息

树木微微张合叶片的唇　在瑟缩的微风中

欲言又止　枝头挂满细小而潮湿的故事

冰凉凉　一触即碎

只有那最轻最轻的手指的抚摸　下弦月

浇灌给它们清透与绮丽　而你

亲眼目睹自己　被一个故事挤进另一个故事

你不被允许停下脚步　你用影子衔接住

接踵而来的　一个又一个路口

当眼睛与所有的器官一起　进入梦乡

它仍在奔忙不休

寂静空旷的夜间马路　疾驰的风声　是

影子液体一样匆匆流过

因为无梦　多年来你无处藏身

拐过最后一个弯　你收割着自己的影子

你的两个影子逐渐会合着夹角　就要

——成为一体　然而你已走入黑暗

你不被允许停下脚步

你不知道　还有多少影子

此时被黑暗一并吞没

带着绿与记忆

一场大风　败叶满地　安静仓皇出逃

叶片甚至留不住　片刻的阳光温暖

它开始抖　心寒地抖　默默流出泪水

睡去　被夜凝结成霜　它开始硬实

一天天　却更加迫近尽头

风吹　风把那些微乎其微的事物

重之又重的记忆　一样的　零落成

碎片　纷纷扬扬在头顶　没人看见

帽子　围巾　羽绒服　把自己围得严密

严密得　覆盖了视线　只有

还未迁徙的鸟儿　瑟缩着翅膀　邂逅

在枯枝的顶端

它们曾经是怎样地被细腻呵护啊

然而一枝花插在花瓶　换水　修枝

也终是要落败　时光蒸发了鲜嫩　水分

它干涸　它断裂破碎成　浮尘
它随风游走　它陈旧暗黄了回来　成为
碾平的标本　单薄　却高贵

拾掇着属于自己的幼年　童年　少年
像那只伏在低枝上等绿爬回的青虫　我
坐在时光的暗影里　等着不甘被驯服的
记忆　归来
突然　秋风粗莽地　吹抖了青虫的枝
握住了我　搭在额前的手

腹中的根须

光线　云层　灰尘　即将光秃的树

灰净素色的人世　朝阳奋力刺透出橘红

人心素静

而风　转过颈　转过发梢与指尖

转过清晨每一处细小的皮肤　将这未醒的安谧

暗了又暗

紧紧咬住嘴唇　她要将梦留在体内

将前世　轻轻安置

一只被寒冷逼仄了的鸟　她像

终于在腹中燃起微小的火种　温暖

而疼痛

她知道这火焰燃不了许久　她将木炭加了又加

渴望　微薄的暖意

——即使她知道　无用

那在她腹中生根的　火焰的根须　只剩

纠缠了血肉　无法移植　绝口不提

十一月　立冬　风起了　叶子败了

覆了满地　覆了明亮的眼和温暖的心

覆了一个世界的色彩

而她不再说冷　她紧紧咬住嘴唇

温暖和寒冷都是前世的

她守着一堆纠缠了血肉的根须　在腹中

听那些私语

在腹中　她喃喃自语

一种拒绝

一

像两年前一样，八月的夜晚依然热气腾腾
狭小居室里白色床单在燥热中呻吟

那是几点？我们从闹哄哄的餐厅下楼
街道上驶过的汽车声音随着温度的升高攀升

我们走了半个小时，起码有二十分钟
试图在阒静的长街上寻找狂躁的酒精

烧焦的晚风微弱，如时间黯然下旋的速度
如吧台上的威士忌，它们提供短暂的快意

而无家可归的隔夜情感无法被提供救赎
深夜，我们时睡时醒：
孤独依然砭人并意味着不可能

并非毫发无伤地，我们走进

这个并不饱满的早晨，带着阴晦的欲望

迟钝地洗漱，始终说些模棱两可的话

应付分别前不可躲避的目光之航线

不情愿组合在一起的词语零乱、消失

破败的车站像这个早晨一样布满裂痕

你能想象出那样的房子吗？

在那里我们完整、温存，并非独身一人？

对爱的秘密我们始终无知，或者佯装无知

细雨清透，但否认为我们洗刷

它只是抵消着那些原本就微弱的事物

对生活的投诚

失去的记忆清除了大多的岁月

而时间依然走得飞快　与记忆一同流亡

我困于城市森林　同无数高楼里的门一起旋转

有人正代替我远走他方

我们已经长大　顺应了时钟　和平庸的安全

但还没有获得未来

四周围起的高墙时不时砌入身体

醉酒是时间颤抖在水平线之外

黎明　一个荒凉的单行拐角

——醒来时我们已经站在现实的这一边

你无法成为一个游离而危险的人　于是重复

你消耗着时间而时间也消耗着你

继续前行的路上　黑夜里坍塌的高墙

又噼噼啪啪地重建一次

一只乌鸦不愿沉默　尖叫高飞

将时间、空间和你一同遗弃

旅　行

阳光浊热，反光镜模糊地仿效着
他们冷木的表情。阳光晒在柏油路面上
使路面仿若高低起伏不定。

几分钟了？他们已无话可讲。
事实上，他们也说不好是从哪个日子开始
早就已经无话可讲。

他将没有握着方向盘的左臂
支上车窗。
（她安静，假装对前路聚精会神）
前路还是漫长的乏力。

目的地已注定差强人意。
他们默契地分心，像天空上漂流的云絮。
又过了几分钟，
他终于拧开了打破耐性的收音机。

电池与发动机

上午九点四十二分　我坐在这里

一片空白

没有拉开的窗帘　没有打开的电视

没有启动加热的微波炉　就连喜鹊

也配合着　没有鸣叫

就像这一天未曾开始　所有的齿轮都

停止前进　而我安静坦然

又将闲置过一天的课　逃离单调的练习

逃离拥挤窄小的宿舍　和无谓的谈话

面对一片宁静　透过窗帘的阳光

假装心安理得　假装这世界本就如此静谧

没有纷争和厮杀

有些人是金属发动机　加足马力　所向披靡

而我　一块即将充满的南孚电池

不小心就　沾上了水　时而工作　时而停歇

不忘提醒自己是一块有电的电池

听着别人　说自己是一台发动机

我听见寂静无声

用一只肉松面包来充实我的胃

我的生活如此廉价单薄　白开水一般

平淡无奇

一段时间以来　我所做的

只有躲避　宿舍人多就去咖啡厅

今天她们都出去　我就留守宿舍

拉开窗帘　阳光是新的　刺眼

转回身来　一切就又旧了下去

和这段日子已是血肉相连　我的心

不再翻腾　学会了平静

从醒来到现在　这中间的几小时

我牢牢坐在这里　一动不动

直到这椅子木质的花纹嵌入皮肤

我就和它　成为一体

我并非无所事事　打扰我的

总是些莫名其妙的事物

它们构成我的生活　却充实不了

我的心　于是它们似乎与我无关

那些铺天盖地的宣传单　喧闹沸腾

人声人语　我站在它们中间

犹如站在落雪之间

昏黄路灯之下　雪花纷落

我听见寂静无声

流动宿舍

在邮政学校和翰林学院之间

往返三次找寻　城中村的小路上

满是民工、学生和小饭馆

深冬空气冰冷　阳台上　打工妹们的衣服

五颜六色　冰得硬邦邦

此时属于我的床　它上一个宿者

刚刚离开两天

一只蟑螂在储物柜内欢迎我

三张上下铺之间　由三条晾晒衣物

的线　画出一个等边三角形

750元　一个月内

我拥有这个房间里1/6的居住权

因为没有网络　我现在只好写诗

我是一个胃病患者

胃痛　又或胸闷　成为经常的事

我有太多消化不了的东西

应该听医生的话　忌掉那些

硬的　凉的　辣的

比如挑衅的眼神和冷言冷语

比如挂在嘴角不屑的笑和离去的背影

比如一个人回旋在一天的生活后

留下的困顿

我是一个病人　带着我病痛的胃

一天天　它的疼痛在各种的未知中

慢慢地　有着微乎其微

又或重之又重的　加深

暗藏的加深病痛　冷暖自知

那些消化不了的东西　支棱着尖角

将我的血肉磨烂刺破　化脓淤水

我尝试过治愈　做过了几次胃镜

将我的伤我的痛我被残破了的身体

看得清楚

也将那些锋利尖锐看得明白

看得清楚明白　却使我放弃了治愈

我守着我的无望和胃病　安静地

坐下来　就像一件破背心被

挂在月亮升起的枝丫上

被城市浸湿的雨水

被城市浸湿的雨水　湿漉漉地溢满了

十字路口　霓虹都是湿的　光晕要滴落下来

高楼大厦散发着霉味　你看

路灯还是黄澄澄的地面反射　哪一个都是

整个城市都是　泪眼的

行色匆匆　镇定的只有人们的创造

钢筋水泥　又或华灯初上

湿漉漉的城市　他们是一闪而过的影子

被时间和生活压得干瘪　无论从

正面还是侧面

雨水　会使他们成为软塌塌的纸张

像夜一样　如此一般的每个夜一样

他们被褶皱的黑色包装纸紧紧裹住

我靠在色彩艳丽的广告牌下　清楚地

听到他们的脚步　当当当

敲起孤独和迷失　散落在一整片的潮湿

是每个人早已熟悉的味道

疲倦像片千疮百孔的烂叶子

当我们　用后背坦诚地接受阳光

我们开始像面前的　烤土豆

一样的朴实

这沉厚炙热的黄土　这淳朴善良的作物

我坐在羌寨的木板凳上　想起

东北小镇里的高粱米水饭　和

将它端上桌的　那只瘦黑遒劲的手

七十三岁的手

黄土与石子敲击的轮廓　是坚硬的

他们令我亲切

而我来的那个城市　那些

我每日笑脸相对的面孔　陌生

即使我和他们所有人的脸　都几乎一样的平

我被阳光均匀地涂在树上

听着时间　听着它们变得温顺沉厚

掉落的叶子像一管管颜料　将

我的心　重新涂回

鲜嫩的绿色

我也曾被粗粝的生活绑在岩石上

干渴　火　和焦灼

甚至眼睛都不知道　海风

是咸的

无数的信息　声音嘈杂混乱

多脚的虫　爬来爬去　在身上

可我不能动弹

可我不能动弹

我疲倦得像片千疮百孔的烂叶子

我擦拭着时间琐碎的锈

我听着每颗锈迹微微的颤抖

如果我累了　不知不觉地睡去

一些地方　连睡梦的路

都难以到达

天，就渐渐亮了

在深夜中独坐

如同乘坐孤舟飘摇　地下的暗河

——我竟然一动不动　呆坐

如此多的未尽之事啊　追赶

而我已疲倦　像无数疲倦的影子

它们瘫软　它们无力

它们含着胸垂着头　它们折起了单薄的身子

它们倒在这黑夜　它们在我的周围

漠然地看着我

我感觉到了　但我不说

我们唯有沉默

一寸寸地　那剪刀　时针和分针组合

不急不缓　绞碎着时间

我在影子之间发抖　我的身体　是

太阳的火焰前　即将成为灰烬的

哆嗦的纸张

干烈的太阳　凶猛炙烤的狂笑的太阳

多汁的太阳　滴渗毒液的冷笑的太阳

变幻而狰狞的面孔

——然而它就在前方　就在前方

张着口

我无法控制我的船啊　太阳这纤夫

这黑暗的夜　这黑暗的河　这平静

却暗涌的水流

——然而　然而我却宁愿留在这夜

留在这孤舟

橘红的太阳　即将在白亮亮的天空之上

不　请将天空取走

将我归了这宁静的大地　让我

返回昨天的岸　终止明日的繁杂

与恐惧

然而　风暴早已掀起身后的厚土

低沉扭曲恐惧愤怒　那声音

自我胸腔曲折奋起　夜的寂静与我自己

一同惊恐着　被划开裂痕

疼痛　撕裂肌肤　摔打　挣扎

翅膀　脊背生出了翅膀来——

回望

却

无羽

舟　还在慢慢向彼岸驶去

向太阳驶去

向太阳那讥讽的狞笑驶去

而我终于没有任何表情　我成为

影子的一只

我也终于没有任何声音　长久的路途

使任何回声　都磨得细瘦

天　就渐渐地亮了

我和我笑着站在阳光里

提得酒来做墨水　将这星空

都画作漩涡

——摇摇欲坠着

因为对自己的不适　我被允许

走出微醉的步态

星河和我一样脚下不稳

没有人会注意这酒醉　在夜色中

我是透明的　就如我的身体和面孔

多年来我一直试图把它们磨平

现在　我和我的

眼睛嘴巴耳朵　都一样的温良

现在　我是平的

我可以轻易进入任何场所

我可以分享所有的秘密

我看见的都是笑容与和气　虽然

每张笑脸相差无几

和我的脸也相差无几

全世界都是艳阳高照

全世界的人都整理好自己

准备　随时被拍照

可我找不到自己　来爱一个人

或者惹场小麻烦

我看着几个小混混流浪街头

忽然　希望问问其中的女孩

是不是叫我的名字

但我不会问

我笑着站在阳光里

我被我自己绕到背后

我笑着站在阳光里

我自己冷笑着站在笑着的我背后

在背后笑着鄙视那个竟然在阳光里

笑着的人

第五辑　明亮的事物　各有千秋

万物使我缄默

出于羞惭　万物使我缄默

兴安落叶松油绿　好像集体哭过一场

于是午后饮马　在斜枝下稍立片刻

南风带来一生错过

吹长了一串雁子的阵形　云层低垂　而天空悲伤

昨天的话一如往常　端坐在今天的树枝上

——那果实曾经甘甜而如今酸涩

耐心等待　时间　把它酿成美酒　以及更多的沉默

我同树木一样无所事事

或席地而坐　读乏味的书　写下无用的文字

不发一言

或看两株虞美人　在风里相爱　相爱又分开

林间营营有声：一场隐秘的对话

潮湿的风向惶怯

天空随雨水一同降落　一种辽阔的战栗

飞鸟如箭　倒影是留恋一切以及淡漠一切

午后东山岭

山风忽东忽西地吹着。在东山岭，
一切都忽然静止了下来。比如水流于此
突然折返了身子。比如云朵缓慢，树木庄严。
比如风筝和蝴蝶都自有去向，一只麻雀飞过，
过一会儿又飞回了原点。

我在山间走着，有时停留一会儿。
微风里的田野将绿浩浩荡荡地散落一片，
湖水用云朵轻轻擦洗着身子。一座山，首先
属于土地，其次是对时间无限的接近。
阳光正好，山脊、植物和我平分着光阴。

寺前的红丝带在捕捉着风。古树下是大片凉荫。
我无所期待，只是静静地坐在那里。时光的轮回
总有小小的悲悯。人们生活得多么用力，又多么
虚张声势。一株草怔了许久，在若有似无的风里。
在这个下午，我和它一样，属于沉默又迟缓的木性。

于一切事物中仿佛我不在

南风微醺　吹起在下午

一株植物能够多么幸福　夏日赤裸

绿的是草　是木　是拔节的骨头

我和我的身体澄澈透明　全然无辜

鸟儿短鸣轻率　花朵无知　但美丽

我与山刺玫并肩

像一对沉静的姐妹　站在峡谷的风中

而花絮悬垂飘零如同情话　轻　并且柔

在此一切纯粹而不可言说

呼吸即空间　此间丰盛　因自然天性崇高

河流在阴影内奏起泠淙琴音

然万籁俱寂

我们从未有能力　扰乱夏天的沉着与镇定

是的　自然一任万物

丰沛的茁壮　荒芜的悲苦

——大循环　大平衡　退开最远的洞悉之眼

那年年来过的如今返回　却又不一样

我们抓不住它　但它却握住了你

永远在盼望的是新鲜的事物

河水前仆后继　但持久　一种暗示

——失去是通往本真的唯一之途

飞鸟穿透身体　如风冲撞于树林

群神缓缓而行　布施万物

朝阳公园

那天我们脱下所有的修辞，干净

如两只玻璃杯，一个八月的晴日在我们头顶

耀眼的天空里许多欢快的影子穿行

我们起码有五分钟没有说话

沉默闪烁，如绿色叶片闪烁的草坪

这是最好的日子，空气晶莹透明

棉花糖里是孩子笑声的甜味

我们和花朵一起尖叫，快乐地被夏天浪费

一切发生的正在神秘中起始

112K食宿店主营面条、炒饭和十元钱的理发
我们在泥泞中攀，高原小调和激烈的进行曲
不断抬升的草甸上空，浮云荫蔽下熟透的阴影
我们在时间之外大口呼吸，空气里激荡着草木的清气

生活被远远地甩在身后，如同一扇店铺业已关闭
那无限开敞的、涌动一片等候的静寂
在山路的转折处，我们忽然获得视野的明亮与阔大
映衬往日的闭锁，和安于困兽之斗的命运

在遥遥感知和难以抵达的路途之上，在脚步的
每一次跃动里，我们急不可待地补偿着奔放的青春
像每一朵马蹄黄，拒绝人类的文明和规训
唯有金光闪耀的空气，世界生长如恩典的趋近

八月的热气上升、汇聚，在长青春科尔寺
我感到一切发生的正在神秘中起始，而绿风

正将树林播撒，到冰湖的纯粹与冷静里——
小雨过后，老迈苍苍的大地酝酿新芽的绵长草地

在海子与草甸之间，我们日复一日地牧放自己
日子就这样浑然相连而没有痕迹。那是一个清晨
七点，我坐在三层石楼的屋顶，看巍峨的雪山
看翻涌变化着的云，看世界退回潮湿的空气里

"我想一路向西，不愿困老此地"
我听见半月前，自己那恍若久远的声音
仿佛刚刚醒来，我重新认领了自己

时光之马停下脚步

原谅我生得太晚　　我的世界面目全非

那些花花草草真是机灵　　活泼地说着俏皮话

也有低头忧郁的　　但我一个也叫不出名字

（更别提《诗经》和《本草纲目》里的小家伙们

——好像登记在册的远古化石在字典里）

好在它们也不认识我　　不至于让我太过羞愧

我当然还年轻　　生活还很漫长

你当然很古老　　但生活比我更漫长　　更漫长

随便一颗石头都几万岁　　树木因而显得很嫩

我和一朵花又有什么区别

风云变幻之间　　朝生暮死

真蠢　　竟然每一天都把生存活成一个难题

我为我的困窘伤害了这慷慨而感到抱歉

杜鹃尝到甘露就摇曳不已

鸟群把脆弱的啼鸣交付给水草

熟透的风一吹　　花丛就抖出几只蜜蜂来

而村庄　在情歌停歇的地方生长

土豆、白蘑、马匹　是人们花费一生侍弄的事儿

在时间注入日子以前　　这山林河湖

闪烁和透明的明亮世界　　是的：无限

我们熟悉的都迅疾死去　　我们不熟悉的都牢牢生根

这一秒我长势真好　　双手交缠玫瑰

有人沿着你生命的光线行走

时光之马停下脚步　　痛饮泉水

山林，少女和流浪的月亮

在今天　我成为铜铃山的爱丽丝

穿着蓝色衣襟和黑纱裙　在修竹莽树间蹦跳

做一只幽蓝的鸟　一个合乎自然的野姑娘

山脉起伏　一只只伏匿的巨兽

待我一跺脚　便簌簌抖起身子

各种各样的叶片飘落成雨　绿色的雨

伴着鸟鸣婉转而下

盘踞的河流　瞬间汇集成海

可此时　我只想呵你们的痒痒

用我最轻的步伐　和翩然的裙裾

当我抬起脚　小花就在那里露头

裙摆晃过的地方　就浮现一只只蝴蝶

今晚　我将宿于刺毛杜鹃树上

偷看这远过时间的山谷　清风与花露

是怎样在分针的缝隙细细雕琢　赋予它

最华美的衣袍　碧玉的模样

还有山间的绿妖　娇小轻灵

肤滑若潭水　发顺若崖草

赠我以月光　清凉满裳

每道波澜上都住着一只流浪的月亮

傍晚我们看到红色云朵

如果我们打开记忆，依然会想起那一天的傍晚
尽管有些困难，但并非毫无可能
霞光几乎是迅速的，占领了大片大片的云朵
一望无际的草盖上空，红色持久地沸腾

想起这些，我发觉已很久没有
置身于那样绵延的时刻
云层踌躇如大伤悲，我们存身
而即将降临的黑暗不可名状
献祭般的壮烈中，高原燃烧广袤的苍凉

最深处是造物的审判，庄严但仍需警觉
面包车爬行的小路是伤口的崩裂
逐渐黯淡的云翳里，光的尾翼修改着时间

但我感到你已不再感知的风化的爱
像是另一种宗教，虔诚应和着反影的余年

为什么我们要收回自己，如果这些都真正的存在？

或者为什么我们走出了这么远

却始终在狭窄的掌纹里兜兜转转？

怀里揣着辽远的沉默如同一个成全

暮色更深，更焦灼

前路是长夜漫漫

唯余寂静和几棵松柏

指尖相触的一刹

每当阳光烘暖身体　我都能听见你

舒畅又怯怯的　小小的叹息　偶尔

短小的喷嚏声　打出昨夜的几只

蓝幽幽的星星　我在自己的身体内感到　你

又祛除了几分凉意

定是有着雏鸟一样的　你的姿态

每每风低低拂过　空气里总是回响着

振翅的声音

更柔软　更谦逊　羞涩的笑一样的

缓缓晃动着的手臂

蓄存整日柔软黄色阳光的　温暖的手臂

也是　冷峻寒夜中叫作信念的盔甲

顽强的手臂

在颤抖着的　你的身体你的牙齿　夜的冷

那些冰碴一样　深蓝色的风与

獠牙一般的黑色　是囤积的　夜与夜的

星星般幽蓝

碎片的　寂寞的梦

而你是那样柔弱微小　瑟瑟着

又总是与阳光一同展开身子　淡黄气味

三叶草　我隔壁的植物

我自己也是植物　依赖你——

永是春天般的微笑

我　一条蔓延的藤　我是与你一般的绿

我是摸索而来的　热泪盈盈的手指

请将你水彩样氤氲的指尖交予我

就顺着这潮湿的风向　我要衔接一场

阳光的梦　暖黄色的梦

使月亮那枚冰冷的铜镜中　再也没有

你模糊瑟缩的面容

子夜将简洁地破晓　指尖相触的一刹

将　降下一厘米的守护

一公里的　甜美微笑与暖阳

要死要活的中午

正午日头最毒的时候　我们总是

从客栈走到餐厅　再走回来

有时候停留一会儿　坐在巨大的遮阳伞下

吮吸新鲜的椰汁　"菠萝上火，不宜多吃"

沿街是高大的椰树　低矮的棚屋

有人冲浪归来　立起浮板　在水龙头下冲刷

脚掌和小腿上的白沙　三角梅一路摧枯拉朽

地开着　一朵花竟然同时拥有了四季

我爱上这不断重复的夏天　爱上它承受一切

又铆足了劲的决心　正午的村庄不敢说话

道路反射着白花花的光　熟透的空气中都是

沉默的抒情　一只黄蝉花突然鼓起了腮帮子

尖叫一声　冲向天空

一只飞鸟惊起　产生短暂的气流

哎，这要死要活的中午

明亮的事物各有千秋

夏日午后于荷塘　仿佛轻烟入梦

此处草木葱茏　荷花硕大　长短句般的白鹭

毫无章法　寂静过后　远离野心梦想

不贪恋　不奢求　如云止于瓦蓝

而明亮的事物各有千秋

蝉鸣初起时　一群女人从地里归来洗藕

古树苍苍　新叶颤抖　溪水有光斑

而荷花圣洁　我的扇子不敌清风

吹不出草木的平仄　有人在炊烟里读出远方

田地里豆荚与水稻各得其所

因为信仰高洁　荷塘安宁

我说荷　其实就是说到生活的背后——

那不增不减的疼痛与福祉

可以说　可以忍　可以外表柔软而内心坚毅

可以深入泥沼而高举头颅

可以端守素心且静默慈悲

三只游鱼成佛　掌管前世今生　一方净土

还原为无用之身　在山野　在庭院

在暗香浮动的万亩荷塘

我钟情于这人间宽阔处的每一个时辰

以及这忽然而至的透明和纯真

夜寻，于铜铃山

掠过夜空的风真的有些凉　入秋了

叶片梭梭的碎语　夏虫单调的低鸣

溶解于黑色中　而我也一样

天上的星真亮啊

我离地面那么远了　却依然与天空

隔着遥远的距离

草木让整座山自如地呼吸

时光被遗漏　与记忆遥遥相望

我试图以候鸟的姿态掠过你微漾着的眼眸

铜铃山　我如此行色匆匆

只为寻找　一句忘却了的话

月光安静　用吻捕捉细微的话语

饮酒　过桥　深入山林

我沿途播种窗子　长风和逃脱

抖落苍白石膏的碎片　伸展渐绿的骨骼

铜铃山　请唤醒我　用你清凉的水的话语

让我复苏　用你碧绿的草木的生机勃勃

我来时　郁郁前行

耸一耸肩膀　无数星星就抖落在地

来不及知道它们叫什么名字

此时我呼吸如茶　所有的路都在两边让开

北斗星注入身体　成为脊梁骨

存在于深薮

林间褶皱起伏　掏出自身流水如往昔岁月

草色之下　遍地是不可辨别的苦味与姓名

有树倒折　腹内空空　但枝叶尚且绿着

喊不出疼　也无从听见它内心的回声

光影斑驳使枫叶明灭不定　有枫树的地方

必然有寺院庙宇　无人供奉的香火被

篱笆与石阶孤立　睫毛上停留着倾斜的光线

你垂下金色的眼睑　又重新步入往事的脚印

不断向下开垦的事物伤痕累累

大青沟　坐落在人间荒漠之上　独自建造着绿洲

依旧有自然的垂怜：在沟谷内放入风

在水曲柳下安置几只松鼠

若我迷路　就能找到自己死而复生的荒草

若我恻隐　大地还能举出更多惊立的林木

第六辑 孤独的王者

黑夜从远方而来

黑夜从远方而来　秘而不宣

下弦月　那银铸的耳坠　碰撞玻璃大厦

光点四溅

星辰　与零落的露水

灯光有着流水的姿态　赤脚在街道上

跑来跑去　白天的网又一次收捞走

账目　策划　骗局　争吵　和花言巧语

声音在马路上寂寞地消逝

世界和风　在延长各自的命运

我躺着　毫无困意　黑夜酿造了太多

而冥思又一次提纯了苦味

——夜的巨大根部从中蔓延生长

隐匿的事物出现　猝然不可阻挡

所有因果的总和　说着大片嘈杂

而无声的话语　又如此空阔

在十六楼　背靠深渊的房间　我躺在悬崖边

努力把自己分裂成一个个梦

天空的河流　转动的游荡的夜　浸湿的星子

眼睛般注视着的　那微小而又无穷无尽的温柔

当你在最恐惧最寒冷的顶峰

鸽子的幽冥

街空了　当秋天隐入苍穹

的另一边　饱含三个季节的悲欢——

色彩　已经疲惫

它们睡眠　并微弱地呼吸

南去的鸟鸣阵阵　为一场降雪

探听人世的消息

霾　从四面八方打开它的包袱

城郊空荒的大街　站在日和夜

梦和醒的混沌里

站在没有记忆　铅色图纸的楼群中

时辰的光影微暗如沙

这个晦暗朦胧的季节　无数个过去的日子

灰白色灵魂般　游荡　失眠　失语

无家可归　并面容模糊

再没有感动也没有惊奇　那些贫血的日子

仿佛远山的暮色

人们沉睡　走入别人的梦中

当一月的风握紧萝卜般的拳头捶打城市

需要躲闪的　是风中携带而来的碎片

那碎片是什么形状　总是

取决于你试图封闭　和忘却的话语

摇晃的枯枝欲言又止

易碎的从未消失　它们远比未来更耐久

就像尘埃不会消逝

唯一的三月

——第四个十二月

黄昏　起风了　好像去年秋天

树木伤口的辛辣气息弥漫　龟裂残痕里的日子

这美丽的负伤　阵痛

让我误以为　冬天又要携着悲伤来

这唯一的三月　突然回到荒凉的三月

白桦醉酒于风　树木枝干镂空大地

如执着耐久的骨头　过滤岁月

而更多的　在时间的石磨下　辗转成灰

氤氲了四个三十天

十二月　一个沉默的老人　踽踽独行于

流浪的记忆　和破灭的梦想

在每刻晦暗的窗前　于是脚步缓慢

寒冷的日子里　我们满怀恐惧

和期待　期盼一抹青绿气息　一粒贪玩的野菜籽

一场让所有清透的雨　还有

声声清脆鸟鸣串起的光之绳结　拉伸开

冬日肩胛上短暂的白昼　和温暖

除了回声　你还能呼唤谁呢

你的骨骼中有一架清亮的古琴　如今根根寸断

黑暗自你内部上升　光线在脖颈上埋没面孔

坐在这个不真实的冬天的墙角下　你攥住

满手的灰

你终于听见它低低的骚动　嘶嘶作响

如点点火星迎霾而上　并落入眼中

风在吹　已经太冷了　每个你曾躲避的

都壮阔成豁然的风口　从不同方向变本加厉

在墙角下转身　直视这庞大又虚妄的冬天

用力背对狂风　聚拢微弱的火苗

消瘦的光映亮你深陷的瞳孔

是太阳　那血的灯盏燃烧着　从心底扒土而出

孤独的王者

我无声地对你说话　黎明

我们的理解　默契　安宁

如同一个温暖而平静的词　缓缓上升

在夜的青铜容器里熬制之后

到达融合的高度

空气里是去年全部的星期天

流动迟疑　如同行云的静默

桌上的一只空瓶子对着钟摆发呆

我们安坐　静静地等待

整个冬天　全部的日子都是白色

我还有别的什么可期盼？

那种充实着我　又将我流落得更远的

虚无　无边无际

如同一场不止息的大雪　浩浩茫茫

在这个冬天　我是孤独的王者

是这个世界上　唯一的人

我拥有落寞的街道　忧郁的雕像

孤注一掷的日落　和

一朵玫瑰在余晖下金黄色边缘的忧伤

宁静环绕我　犹如低声诉说的脉脉温情

但在这个冬天　我是一个

正在忘掉的人

钓　鱼

三十五岁之后

他多了一个体面的习惯

周日的下午

一整条河的鱼

都在阳光里悬浮

他并不怎么喜欢钓鱼这件事

只是这时所有的人都非常自觉

不发一言

——他向人们借来了自己的时间

艰难的季节

一月　艰难的季节　大地静静站立

沉默的建筑物一并转过身去

语言与世界一同在保鲜膜下褪色　像老妇

持续而枯燥地　打磨阴影中缓慢的比喻

冬天用那比棉絮还要轻的　弥漫的静止的白

堵住世界的耳朵　等不到一场雪飘舞

事物便逐一归顺于寂静　庞大的安详的睡眠

沉默的疲惫　光线与影子的眼皮微微张阖

这里没有人说话除了时间的细语　瓷白光洁

露珠　岁月那迷茫的眼泪颗颗膨胀

空寂的马路在楼群中长时间走着　无限的孤独

我想叫醒被白色覆盖的　昏睡的冻结的希望

在世界的梦中　我努力向外跳跃

然而影子扒住它的阳台不放

宁静环绕我　像青春的灰烬与执着的毁灭

而月亮在户外　像我不可触及的希望

站在最后一根枝杈上

层叠的振翅声响如机器嗡鸣　在午夜

锋利的黑鸟迅速繁生扩散　从我的体内涌出

黑色波浪吞噬天空与街道　那白色的空濛

空气颤抖　并因改变了密度而改变了质地

这呼唤　拦截　爆裂　吞噬　清醒与真实

改变寂静秩序笼罩的死亡的结构　只属于子夜

但在每一个暗夜玫瑰开放的瞬间

这不断挣扎的黑夜　都将被祝福与确认

破落户

在没完没了的失败之后，她站上昏聩的阳台

太阳如独裁者迎面播撒嘲弄的毒液

她不想再与谁进行屈辱的交谈

"滚吧"，她说，"这次是我遗弃这个世界"

但天空仅回馈以神情的冷淡，一如既往

毫无人性，不可一世，不可高攀

她在几个月来拥挤的记忆里磕碰

被工作拒绝，被爱情拒绝，接下来是什么？

又一张否定的矮桌踢到了她的脚尖！

愤怒扩张着她的黑眼圈，境遇如盗匪劫掠

在四月和暖的空气中她看到布满闪烁的冰点

背上的箭筒早已空空，瞄准靶心后

每每它们在之前的玻璃上又反射回来

还能做些什么？握紧空拳，或者节制的忍耐？

房屋难以忍受地沉默不言，一如悬挂的窗帘

没有什么被保证，挫败犹如趴在前路上等候的恶犬

她坐在海市蜃楼的坍塌里，轻蔑着碎瓦和砖块

太阳正沿河而下，寒冷即将降临这片平原

白色，黎明之门

穿梭林间　我们是浑身散发着潮湿气息的鱼
以光滑鲜嫩的身体打开　通往黎明的
黄昏之门

十月之风伸出冷锐的手指　劈穿
蒹葭的温脉　苇草的孤寒　和
地平线上疏落排列　那根根杨树的
静默的坚定
落日之吻　我们是被捕捉的影子
发丝和叶片迎风　池塘边飞舞的水墨

请驻足　请沉默　听乌鸦咳叫在
秋日光轮的枝头　那硕大浑圆白色耀眼
夕日　可是通往自由之门？
我僵硬的心一阵阵战栗　碎壳脱落
那倾吐的话语　那倾泻秘密般低语的血液

像大片大片的落叶倒流　一瞬重回枝头

麻雀飞起　隐于树林的密语　而

成千的乌鸦笔直坠入池塘　子弹一样

夕阳迸裂的火星落入眼底　炙枯的忧愁

我们追赶着挖空　不断降临的黑暗

黑暗从四面八方打开的包袱

我要闯入黎明　闯入黎明白色的太阳

直到太阳　镜子一般融合并碎裂

尖锐冰冷的指针　请不要宣告

乌鸦在水底　沉闷地啼叫着　黑色

超越风的姿态

九点零七分　雪山中的黎明

床头灯下　寂寞深蓝如同扎染的布料

默默浸在黑色染缸之中　等待被缓缓取出

窗外　雪山淡蓝的白色显现轮廓

仿佛听见寒风以霜冻的羽翼　穿过

屹立千年的白桦

空气以及尘埃缓缓破裂于室内四周

一瞬间泪水盈眶　孤单是无可逃脱

这广袤无边的白色苍茫　寂静仍在暗暗地厚

追随一匹马的足迹深入雪地　我所走的不是路

这未经开垦　这一步一陷的迷途

此时我像一只瓷瓶　被风吹得呼呼作响

有着裂纹的疼痛　和想要呐喊的冲动

单薄脆弱的声线自体内缓缓升起

如同雪花缠绕飘零　只生生地轻唱一句

雪便下遍了周身

冷　瞬时将时间与心　冰冻凝固

窸窣歌声抖动　自我脊背滑落

让所有的身份都被这空茫之风带走

我佯装成一只黑色的鸟　一声啼鸣　坠入白色大地

这透骨的寒意　这直接　与清醒

这饱含了十九年的　打着霜花的泪珠

液体充溢着　三倍的痛苦　和游刃其中的

金线般　阳光缝纫的幸福

白色大地　我巨大的白色天空无所阻拦

打开双臂　伸展我湛蓝的骨骼

所有的雪花都从地面上升　直到最后一粒

粘住我的鼻尖　我便纵横翱翔超越风的姿态

你所感到的所有　以为西伯利亚的嘶吼铺张

是　我的羽翼振翅而过

夜晚，雪山之上

天蓝酝酿了整个白日的酒　将阿勒泰的夜

酿成寂蓝　这醇香浓厚　迷醉了山间的空气

所过之处　酒香　将白得耀眼的积雪

尽数醉染成蓝

我的足迹带领月光　银白色　唯一的清醒

这通透的眼睛饱含悲伤与苍凉

天与地全部的孤独　无法铺展

黑色　仍在暗暗加深

我想诉说体内寂寞的比喻　却终究

被虚无所淹没

血液像喀纳斯河一般幽蓝着　在夜幕下的雪山

在我的体内　奔涌冲撞　可是

我的布尔津河　我的额尔齐斯河　我的北冰洋啊

它们尚面目模糊　方位不明

这图瓦村落　小木屋上有炊烟飘荡

黄色灯光　打开一扇窗的方正规整

无形的温馨　一匹黑马淋漓着湿漉漉的鬃毛

独自　隐没在夜色之中

篱笆和雪都是寂静的　它们无法代它诉说

就连　它盈满寂寞液体的眼睛　那巨大的哀伤

也不能

此刻　黑马离我最近

西北边陲　寒风穿行雪之村落

葡萄和弹唱僵硬成黑　深入泥土

树根　是沉默干裂的嘴唇

此刻　只有楚吾尔　那三孔植物的低吟呜咽

使树枝使天空使所有——

沧桑疲惫的老灵魂　一阵阵颤巍抖簌

乌鸦　黑雨滴一样掉落下来

喀纳斯的指引

我有理由相信　这湖水最极致的纯粹

它们每一滴　都是雪花的化身

霜结的草依流动的雪畔　用茎管吮吸着黎明

树木和石头　只是树木和石头

暗自静默着　在这最原始的单纯与本真中

它们理应一无所指

喀纳斯　你遵从了黑脚神的神谕

向广袤炙热的沙漠讨还了一滴清泪

你每时每刻都在初生　只活于现在

但因为一个名字　你活了几千年

这些人类　辗转的岁月　其中

呼吸里锈渍的斑驳　手指间的污迹

由你冲刷携走　多么微不足道的一瞬

零下二十度仍不能阻拦你的奔波

舒展你　绿色的水蛇的肢体

顶冰花不能拽住你的脚步　珠芽花也不能

阿勒泰山脉　孕育你的母亲

未曾挽留　她教育你的　属于自然的

便是驰骋的自由　滑行般的疾走

我多么渴羡你流浪的姿态

人类的恐惧　用痛苦的幸福构建

一个根深蒂固的屋顶

因此我只能向你告别　我离开后

荒地上所有的枯草跟随着足迹　汇成

一条属于我的溪泉　这溪泉向你连接

当我在高楼林立间迷惘　喀纳斯

这溪泉映照着　你正映照着的明亮夜星

你以清透　以明星的指引告诉我

平静时　就接受周围的一切　复制它们

焦躁时　就扭曲眼前的世界　揉碎它们

而作为一条悠长曲折的河流　或者人

这总是同时存在的

那光明由你自己构成

靠一条河流的清净过日子

在每扇风穿过的门前　被春天的呼吸　染绿

我的锁骨丁零　清脆　静过风铃

四颗浆果生于发丝　青绿　有新生的酸涩

将去年、前年　或是更久以前的衣服

涤荡以蓝色和清透

上面那些　被戾气摩擦的日子　就让河流带走

充满水声的双瞳　隔开时光　和其中的记忆

但路　一直在路上走着

要相信　荒瘠的缺口之后　会有草甸涌出

如同翻过折多山后　新都桥美景的等待

土石的粗粝之后　青梗与野花不远

润泽与宁静不远　日出而作日入而息不远

因此　跋涉不远

和孩子们一起醉心于晨光　用知觉感受世界

像用手　握住一块　被太阳烤暖的石头

如果肥皂泡在阳光下七彩斑斓

就微笑　欣赏它的熠熠生辉

如果夜之黑一滴滴渗出

就安静　挖掘火种　从自己的体内

火把指引你走向光明

那光明由你自己构成

鱼

无论气温升得多高，依旧手脚冰凉。
我的罗衾冰冷，覆满梨花。

皮肤留不下任何温度。热水流过
就只是流过。他人的体温也一样。

夜夜，我是一尾通体幽蓝的鱼。
蓝色血管透明，流动海洋。

玉石般的凉。孤独弹破脆弱，
如独语消失于寂海深处。黑暗与虚无
——

那广袤，
那致命。

骨架子在黑暗中

黑暗从一个屋顶迈过另一个屋顶

一只橘子形容的蜡烛　在窗台上

深入无人之境

几根叮当作响　生着绿苔

锈骨　零落的架子

询问火光　有关洁白与坚硬

然而

然而所有疑问　变为陈述句

梳妆台前的女人擦去浓艳妆容

摘领带的男人突然

将

自己的脖子　勒得一寸寸地紧

一些影子　弯着腰的　直起了身子

不过大部分已经成了罗锅

骨架子走在巷子里　被突然穿透身体

的乌鸦　撞得脊梁生疼

因为氧化　骨架子慢慢变黑

因为接连亮起的霓虹　城市越来越亮

骨架子大叫三声　震得

锈骨零落

骨架子组装不出自己

骨架子拼命把骨头扔回自己

骨架子被自己的骨头击中

骨架子觉得

它有多少块骨头　就有

多少个脑子在同时轰鸣

骨架子的所有脑子　在

用不同的声音进行自我辩论

第七辑　时间之镜

苏笑嫣

名字　一种代表和指向　进而成为规定
但它不是我　它也许只能显示我的虚空

过去的岁月在记忆中生长

并缓缓改变或隐去样貌

当我怀疑

也许我是一个接受了许多记忆的

别的人

如果扔掉坐标　在时间的最初

成为一个新生儿

另一个人会再次成为这个名字

我对我的陌生就像

看着一个熟悉的简单汉字

但突然觉得它不像

风一吹　人就散了

这些年　岁月窸窸窣窣地走

仿佛瞬间沧海桑田

风很粗砺

粗砺的风从干涸的河道上

带走积年的土

粗砺的风把我的发绳忽然地

吹散开来

从两只羊角辫到一头披肩发的距离

就是成长的距离

时至今日　当我看到镜子

我依然会害怕

风一吹　人就散了

而迷雾太大

当我收到你的喜帖　我的闺蜜

我不知道该以怎样的表情

出现在你的婚礼

我知道　一旦面对你

将会像面对我自己一样陌生

童年，在东北乡村的冬天

于风箱的呼呼声中醒来

土炕在身体下传递出温暖

睁开眼　整面的玻璃窗上是厚厚的窗花

冰悬挂在屋檐

在春天到来之前　人们还有漫长的时间

温度使闲聊聚在一处

花生与瓜子的外壳　像往事一样剥落

蒸腾的饭菜香气里

父辈们端起酒杯

酒精的热度　使心扉和身体一同打开

老人们在黑土地上　年复一年

他们虚构着自己过去的一生

而我眺望着远方　想象自己的未来

年　关

豆浆机里有煮沸的香气

桌子上你为我准备好了杯子　爸爸

临近年关　我拖着行李箱和

因为拉行李箱而劈了的指甲　哆哆嗦嗦地

站在你面前　说　真冷呀

哪里的冬天都一样　一样的

寒风凛冽　萧条清肃　清人肌骨

唯独这里的冬天不一样

那亮着的灯　案板上切好的菜　和

你们准备好的拥抱　都是为着我的

这里的冬天是暖的　对于我

是心底的　恒久亮着的　橘色的灯

看着满是雾气的窗子

我知道　我终于回到温暖

年少的我　正躲在旧相框里　透过

以年来命名的时光　看着我

看我喝掉杯子里热气腾腾的豆浆

看我　又要过去一个年

又慢慢成长了一岁

而现在的我　将会和她一样

成为定格的画面　留在岁月里

周　末

每当我回到家里

就如一只尾巴　如小小孩童

紧紧跟在母亲身后

从一个房间到另一个房间

有时无言　有时喋喋不休

我们讲曹雪芹　讲王维　讲印象派

讲普拉斯　毕肖普　和玛丽·奥利弗

讲最近发生的新鲜事

——大多是我的

一壶水咕噜噜在茶桌上沸腾

我们愉快地紧紧偎坐在一起

看纪录片《苏东坡》　听一堂线上讲座

总之就是这样　有时是别的什么

母亲总会渐渐睡眼迷离　毫无意外

偶尔　我也会坠入梦乡　在她的身侧

安宁，盘旋在居室的上方

恰如安慰散发温暖的馨香

在写这首诗时

在写这首诗时

妈妈也在写着

两个人窝在小小的屋角

开着一盏小小的台灯

昏暗的光芒使小屋充满暖色调

看着那束光

从妈妈的头发上滑落

看着妈妈的笔尖在纸上跳动

在写这首诗时

外面会传来小小的声响

邻里之间的家常

猫狗之间的争闹

一切　暖色调

对妈妈说

想象有一天

你带着我去放风筝

手中牵着属于我们的幸福

想象有一天

你和我一起去钓鱼

我们点起篝火　用罐头盒

做汤碗　那里面盛着的满满的

一定不仅是鱼汤

你说　你幼时采过蘑菇

妈妈　让我们一起做一回

采蘑菇的小姑娘　披着晨光的长袍

带着星星的王冠　一起拿着小镰刀

去采摘　爱和快乐

当我们挎着小篮子

谈笑着回家时

爸爸一定　站在路口

母亲的美

往昔美貌的痕迹仍旧

照亮着她的五官

仍旧润致而惊艳

甚至　岁月使她的容颜

较年轻时

少了些草率

两只竹筐

两只陈旧的竹筐　像两个老人

并肩坐在门口的木凳上　一声不响

打量着属于自己的苞米地　黄土和

一闪而过的鸟叫

打量着它们偏爱的　午后微风的缓慢

和褐色的岁月弥散在空气中那缄默

两只陈旧的竹筐　一年年

装载过很多东西　黄元帅　小酸梨

还有四粒红

现在它们　空空荡荡　竹条支棱

身上剩下的只是　缠绕的麻绳

浑身无力的麻绳　一脸疲态的麻绳

过去的日子里　它们如此深爱秋天

现下秋天在时光的阴影里　日子就老了

温暖和荒凉　都是一瞬间的事

那些年年岁岁的记忆定格

画面都还挂在树上　像从前它们总是

要收获一样　它们收获了一辈子的收成

如今

一阵风啊　一阵风就把它们摇落了

一树的果实

两只竹筐不知道　它们如何能够装载

它们第一次　面对收获如此平静

而不知所措

追光者

要确定我外公的行踪十分容易：

清早起床　或是晴日的上午

他一定坐在卧室东向窗边的小马扎上

戴着老花镜　弓着腰　手指

在膝盖摊开的书上　一行一行地移动

有时　是《蒙古往事》　有时　是《红楼梦》

如果是夕阳西下的时候　就相反

以同样的姿势坐在客厅西侧的窗户旁

出于常年节约的习惯　我的外公

成了一个追光者　像是向日葵

像是柳树　像是蚊虫　他们都是追光者

闪光的线圈　赐给稻谷以灿烂的金子

赐给游鱼　以银箔的外套

野花也会仰起布满花粉的脸

这是我最喜爱的时刻

从早到晚　日子与季节　在追光中

紧密地相连　直至永恒

——

我的外公深知三种语言：土地　自然

这不停轮回与循环的线圈：一个庞大的复数

就像太阳与月亮一样稀松平常

也一样的　深刻稳固

学　费

"上学还差多少钱？你别怕，

我缝缝衣服，再摘了棉花攒给你"

我的外婆穿着浅蓝色短袖　刚从玉米地里

钻出来的她　额头上沁满了亮闪闪的汗水

那一年　我的外公没有逃过爱情的围追堵截

那一年　我的外婆还是一个勇敢而坚韧的少女

那一年　那个勇于追求爱的女孩　在田埂上

选择了她的命运　她一生的责任与负重——

从女孩到女人　外婆用黝黑的土地和勤劳的双手

帮助外公完成了学业　又拉扯大三男四女

后半辈子　夜以继日的劳累拖垮了她

使她瘫在床榻　长卧不起

命运的公平没能战胜肉身的因果

关于幸福　她没能得到任何应有的回馈

彼时她的外孙女尚且年幼　不懂命运的劲力

关于感恩与悲悯　她还需要缴纳人生的学费

子孙们的出生　代代与外婆密切相关

但她的死亡　却离子孙们那样的遥远

要等到多年以后　在长长的铁轨那头

我才能感到故乡的田埂将心头越拉越紧

外婆的笑容就是那根细线　紧绷我心头愧悔的血痕

梦里还是童年的午后　时光缓慢　迟钝　又滞重

见外公不在　伴随着电视里的女驸马　外婆努努嘴

"你掀开我的床垫子，下面有一块钱，拿去买雪糕"

彼时我以为那样的时光是永久的

不知道时间会越跑越快　越跑越远

不知道我们与最亲近的人也会分散在彼此的命运里

不知道所有的现在都会消逝　成为过去的回忆

更不知道　有些回忆　终将成为终生无法偿还的债务

对于病榻上的老人　这个我称之为外婆的人

我也还没有来得及表达过一次　对于她的迟来的爱意

外婆　你走得实在太急太早了

你怎么就不等着我长大呢

时间之镜

我的房间里有很多镜子　各式各样的镜子

书架里红色塑料镜框那把　是十岁的

写字台上的金属小圆镜　是十八岁的

化妆包里的青花瓷方镜　是二十一岁的

地板上立着的木头穿衣镜　是二十五岁的

二十六岁　我在床头放了一把带灯的夜视镜

二十七岁　我拥有了一张梳妆台

和梳妆台上的鸡翅木雕花圆镜

每当我的容貌有了明显可见的变化

我就多了一把镜子　流动的银色的镜子

水银一样的镜子

它们有时空着　就像一个平平无奇的相框

有时十岁的我在镜中探探头　梳着两只羊角辫

有时十八岁的我瞪大了双眼　在镜中描摹

描摹又擦掉　她在学习化妆

有时二十五岁的我扭过身去　看看新买的西装　

每一面镜子都带给我不同的新貌

大多时候　我并不去看这些镜子

房间里有太多镜子是可怖的　但很明显

它们来得越来越快也越来越多

十岁女孩的眼睛永远是明亮亮的

十八岁女孩的发色总是在变　也总是

那么欣喜和愉悦

有些时候　镜子里的人也在难过　也在哭泣

但在她们的故事里　我总归是比较年轻

她们并不互相交流　也不曾与我对话

她们只是活在她们的世界里　正在做她们

在镜前做着的事——这已足够让我心烦意乱

有些故事因为太欢快我不愿去回忆

有些故事因为太痛苦我不愿去想起

但我无法与她们分手　只能容忍她们飘来荡去

否则我将无法成为这世上的任何一个谁

在忙碌的白天　我还可以无视她们

但在夜的黑暗中　她们晶莹地反光　熠熠生辉

——我年轻的时候也太亮了

为了与她们匹敌　我试着再度充满渴望

直到我的脸上　出现一道燃烧过的灰烬

就连泪水也已经不会重新洗亮双眼

而是打磨出一张僵硬的脸

——时间

诗人的母亲

在安徽省怀宁县查湾村　你可以

找到海子的家　一个诗人的出生地

——也是他坟冢的所在之地

你可以　看到诗人笔下熟透的土地

他念念不忘的小木屋　筷子　一缸清水

当然还有他诗行中出现过无数次的麦子

并想象他生活在这里的那些时日

你可以见到海子的母亲　她还住在这里

木屋因为仍在尽忠职守地完成它居住的任务

所以这里还不能被称为故居

你可以在门口晒晒炙热的太阳　并推开

吱嘎作响的房门　可以客套几句

说我来自北京　十分喜爱你儿子的诗

他是一个伟大的人　并摆出一副忧伤的表情

参观他的书桌、手稿与展示柜

或者在来访者的留言册上留下一笔

如果你好奇　也许还会向这个可怜的妇人

询问他年少的生活　每当有人前来

她便被迫地要将回忆再回忆一遍　木讷地

是的　她曾生养过他　并深深地爱着他

过去如此　直到现在仍然如此　永远如此

是的　当她听到那消息时　她也许正在灶间

盛出最后一碗锅巴　夕阳在屋后升起　红光四射

是的　她也许听见过无数次火车的轰鸣声

并在大汗淋漓中惊醒　当她睡在深深的梦魇里

每到三月　数以万计的人会怀念海子

诗人　文艺青年　理想主义者　全部的陌生人

在网络上　在朋友圈里　在全国各地

无数场诗歌朗诵会里　当然　也在这个木屋里

人们蜂拥而至

他有了漂亮的墓碑　隆重的声名　世人的承认

也许还将有宏伟的纪念碑　在未来的某一个日子

但她没了儿子

她并不认识那个叫海子的人　她的儿子

叫查海生　那个在土地里滚来滚去的孩子

在她的怀里长大的孩子

热爱他的故乡并诉诸于大地语言的孩子

无比干净也无比复杂的孩子

他的诗歌他的死亡他的隆重的纪念属于所有的人

但他的悲痛只属于她

"春天，十个海子全都复活"　他们一次次念道

但他的儿子从没有复活过

哪怕是在梦里

是的　她有点累了

但她还要在人们的不断提醒中　继续生活下去

现在　你可以起身　哀叹一声

然后道别　离去

与下一个参观者擦肩而过

但对她而言　对这个白发苍苍的老母亲而言

只要有人前来　事情

就总不会过去

杜甫草堂

竟是自然的安排　先生

我沿着石板路和一路铺就的您的诗句

走向您的时候

蜀地如此静默而安谧地

将风与敬仰　都磨做了涓涓的细水

而您深刻的面容　睿智的目光　深沉的太息

还有旷久而长远的　悲愤与沉默

我知道　也都在其中了

就像我感到您在这雨中的呼吸

这园子　再也没有茅屋为秋风所破

再也没有那顽劣的孩童

再也没有拄着拐杖的颤巍巍的您

先生　和我酸涩的泪

您终于可以安静下来了

这满园的风与绿植　都是您的诗

是诗歌千年的余韵丝丝扩散

绕成了　那古树的年轮

我看到您　一个布衣老人　缓缓踱步

在时光中　周身的从容

肥沃植物　池塘绿水　锦鲤　石头

我不知它们存在了多久

但定是受了您的气韵的

这土地　一定是跟了千年的记忆

而我　只是稍作停留的拜访的一个

我只带来了雨意　和

这片刻的三点钟　或许不只

夜晚　当我在火车上颠簸

却又沿着雨水与青苔　恍惚踱回

先生　是您唤了我来听尺八吗

山坡亭下　流水之上

乐声　引起阵阵波荡

音律都安顿在了心里　那样柔软

软得发疼　软得疼得它们跳将出来

成为红色的光　跃为池中的鲤

尺八唤出月光　银色的光线是诗句

诗句镀在了鳞片上　闪闪熠熠

我成为一抹红色　白日也不肯脱掉

鱼的外衣